致我親愛的
人類同胞

文‧圖 / 阿妮‧卡斯蒂洛　翻譯 / 李貞慧
主編 / 胡琇雅　行銷企畫 / 倪瑞廷　美術編輯 / xi
董事長 / 趙政岷　第五編輯部總監 / 梁芳春
出版者 / 時報文化出版企業股份有限公司　108019台北市和平西路三段240號七樓　統一編號 / 01405937
發行專線 / （02）2306-6842　讀者服務專線 / 0800-231-705、（02）2304-7103
讀者服務傳真 / （02）2304-6858　郵撥 / 1934-4724時報文化出版公司　信箱 / 10899臺北華江橋郵局第99信箱
copyright © 2021 by China Times Publishing Company
時報悅讀網 / www.readingtimes.com.tw
法律顧問 / 理律法律事務所　陳長文律師、李念祖律師
Printed in Taiwan
初版一刷 / 2021年08月20日
版權所有 翻印必究（若有破損，請寄回更換）
採環保大豆油墨印製

乒！發送訊號！

Ani Castillo

阿妮·卡斯蒂洛

譯/李貞慧

我ㄨㄛˇ的ㄉㄜ朋ㄆㄥˊ友ㄧㄡˇ，
在ㄗㄞˋ生ㄕㄥ命ㄇㄧㄥˋ旅ㄌㄩˇ途ㄊㄨˊ中ㄓㄨㄥ……

我們能做的就是乒。

註：作者將我們與外界的關係比喻成打乒乓球，我們向外給出的東西是乒（發球），外界的回應是乓（回球）。

兵ㄆㄤ的ㄉㄜ掌ㄓㄤ握ㄨㄛ權ㄑㄩㄢ在ㄗㄞ他ㄊㄚ人ㄖㄣ手ㄕㄡ上ㄕㄤ。

你ㄋㄧˇ乒ㄆㄥ。

他ㄊㄚ們ㄇㄣ兵ㄅㄥ。

你ㄋㄧˇ乒ㄆㄥ。

他們兵。

你也許乒出一個大大的微笑。

而你接收到的兵會有很多種可能：

回以微笑、　　　　　感到害怕、

變得生氣，　　　　　或者根本沒有
　　　　　　　　　　注意到！

你ㄋㄧˇ可ㄎㄜˇ以ㄧˇ用ㄩㄥˋ
你ㄋㄧˇ的ㄉㄜ˙聲ㄕㄥ音ㄧㄣ、

你ㄋㄧˇ的ㄉㄜ˙手ㄕㄡˇ指ㄓˇ、

你ㄋㄧˇ的ㄉㄜ˙畫ㄏㄨㄚˋ筆ㄅㄧˇ來ㄌㄞˊ乒ㄆㄥ。

你_{ㄋㄧˇ}可_{ㄎㄜˇ}以_{ㄧˇ}藉_{ㄐㄧㄝ}由_{ㄧㄡˊ}
一_{ㄧˋ}首_{ㄕㄡˇ}詩_ㄕ、

一_{ㄧˋ}個_{ㄍㄜ}小_{ㄒㄧㄠˇ}動_{ㄉㄨㄥ}作_{ㄗㄨㄛ}，

或_{ㄏㄨㄛ}一_{ㄧˋ}個_{ㄍㄜ}
大_{ㄉㄚ}動_{ㄉㄨㄥ}作_{ㄗㄨㄛ}來_{ㄌㄞ}乒_{ㄆㄧㄥ}。

你ㄋㄧˇ可ㄎㄜˇ以ㄧˇ乒ㄆㄥ出ㄔㄨ那ㄋㄚˋ些ㄒㄧㄝ
需ㄒㄩ要ㄧㄠˋ大ㄉㄚˋ聲ㄕㄥ釋ㄕˋ放ㄈㄤˋ的ㄉㄜ
感ㄍㄢˇ情ㄑㄧㄥˊ。

我超級愛你！！

你ㄋㄧˇ可ㄎㄜˇ以ㄧˇ對ㄉㄨㄟˋ一ㄧˋ個ㄍㄜˋ人ㄖㄣˊ、

對ㄉㄨㄟˋ一ㄧˋ些ㄒㄧㄝ人ㄖㄣˊ、

對ㄉㄨㄟˋ每ㄇㄟˇ個ㄍㄜˋ人ㄖㄣˊ、

對ㄉㄨㄟˋ生ㄕㄥ命ㄇㄧㄥˋ發ㄈㄚ送ㄙㄨㄥˋ乒ㄆㄧㄥ！

你ㄋㄧˇ可ㄎㄜˇ以ㄧˇ
藉ㄐㄧㄝˋ由ㄧㄡˊ……

將ㄐㄧㄤ你ㄋㄧˇ的ㄉㄜ想ㄒㄧㄤˇ法ㄈㄚˇ、
內ㄋㄟˋ心ㄒㄧㄣ和ㄏㄢˋ夢ㄇㄥˋ想ㄒㄧㄤˇ
帶ㄉㄞˋ入ㄖㄨˋ真ㄓㄣ實ㄕˊ世ㄕˋ界ㄐㄧㄝˋ
來ㄌㄞˊ發ㄈㄚ送ㄙㄨㄥˋ乒ㄆㄧㄥ。

愛ㄞˋ就ㄐㄧㄡˋ是ㄕˋ乒ㄆㄥ。

活ㄏㄨㄛˊ著ㄓㄜ˙ 就ㄐㄧㄡˋ是ㄕˋ乒ㄆㄧㄥ。

現在你知道了……

好奇的乒。

要自由的、

慷慨的、

要熱情的、

不覺疲倦的、

勇敢的、

智慧的乒。

即使感到
害怕也要
乒！

充_{ㄔㄨㄥ}滿_{ㄇㄢˇ}冒_{ㄇㄠˋ}險_{ㄒㄧㄢˇ}
精_{ㄐㄧㄥ}神_{ㄕㄣˊ}的_{ㄉㄜ˙}、

懷_{ㄏㄨㄞˊ}抱_{ㄅㄠˋ}希_{ㄒㄧ}望_{ㄨㄤˋ}的_{ㄉㄜ˙}、

滿_{ㄇㄢˇ}心_{ㄒㄧㄣ}喜_{ㄒㄧˇ}悅_{ㄩㄝˋ}
的_{ㄉㄜ˙}乒_{ㄆㄥ}。

不_{ㄅㄨˊ}懈_{ㄒㄧㄝˋ}的_{ㄉㄜ˙}、

善_{ㄕㄢˋ}良_{ㄌㄧㄤˊ}的_{ㄉㄜ˙}、

用_{ㄩㄥˋ}你_{ㄋㄧˇ}所_{ㄙㄨㄛˇ}有_{ㄧㄡˇ}的_{ㄉㄜ˙}愛_{ㄞˋ}
去_{ㄑㄩˋ}乒_{ㄆㄥ}！

用_{ㄩㄥˋ}心_{ㄒㄧㄣ}的_{ㄉㄜ˙}乒_{ㄆㄥ}。

到_{ㄉㄠˋ}處_{ㄔㄨˋ}乒_{ㄆㄥ}。

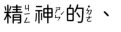

如果你想要得到
很多的兵……

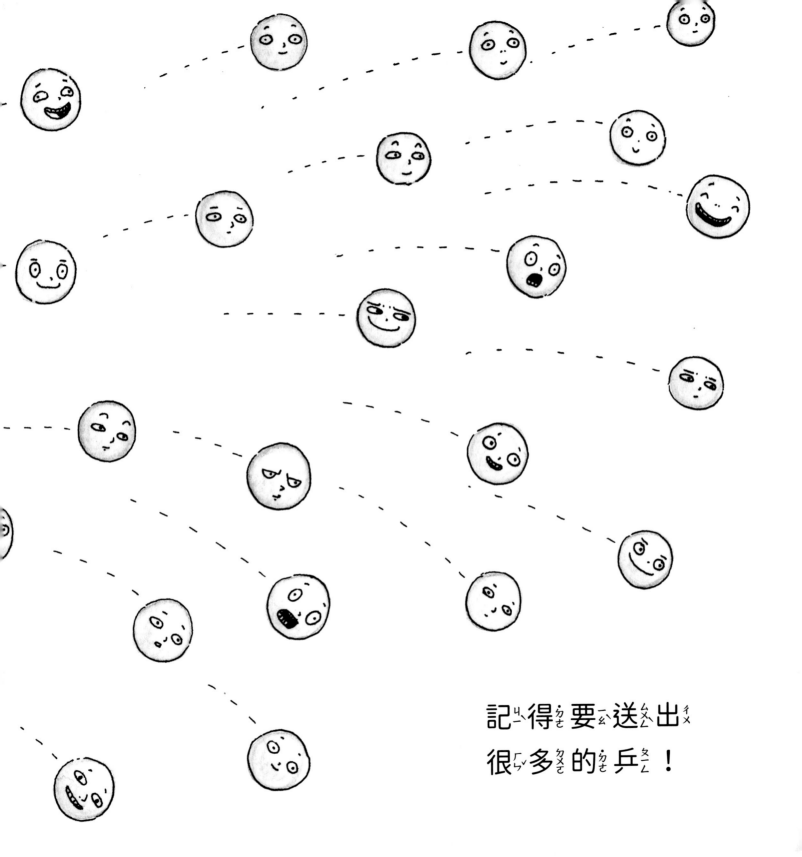

記（ㄐㄧˋ）得（ㄉㄜˊ）要（ㄧㄠˋ）送（ㄙㄨㄥˋ）出（ㄔㄨ）
很（ㄏㄣˇ）多（ㄉㄨㄛ）的（ㄉㄜˊ）乒（ㄆㄥ）！

接著，

在你乒乓完之後，

深ㄕㄣ呼ㄏㄨ吸ㄒㄧ，
並ㄅㄧㄥ敞ㄔㄤˇ開ㄎㄞ心ㄒㄧㄣ扉ㄈㄟ。

你ㄋㄧˇ可ㄎㄜˇ能ㄋㄥˊ已ㄧˇ經ㄐㄧㄥ準ㄓㄨㄣˇ備ㄅㄟˋ好ㄏㄠˇ接ㄐㄧㄝ受ㄕㄡˋ……

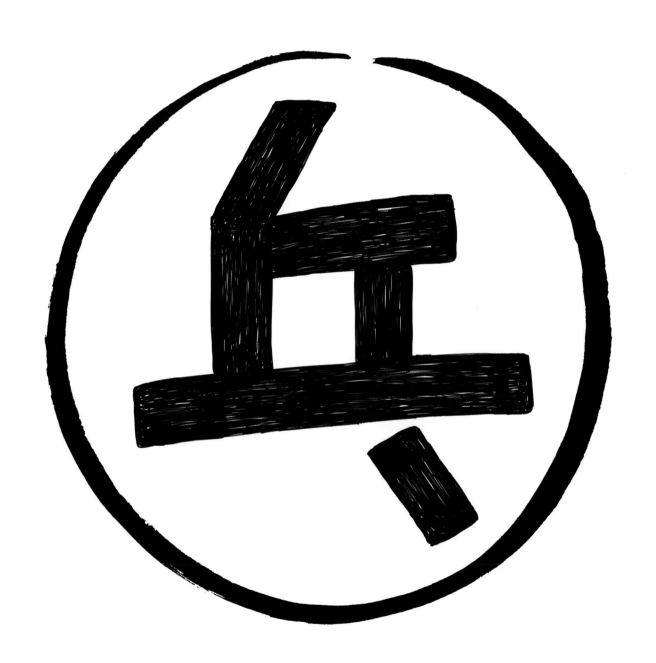

是ㄕ傾ㄑㄩㄥ聽ㄊㄧㄥ的ㄉㄜ時ㄕ候ㄏㄡ了ㄌㄜ！

兵ㄅㄧㄥ 帶ㄉㄞˋ 來ㄌㄞˊ 的ㄉㄜ˙ 東ㄉㄨㄥ 西ㄒㄧ 。

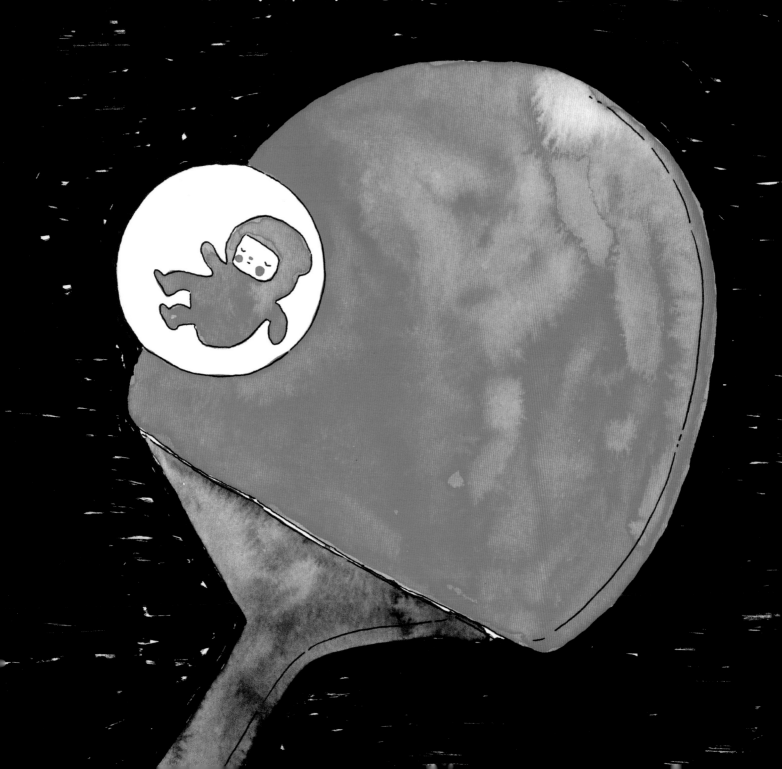

是值得學習的東西？

值得思考
的東西？

值得感謝的東西？

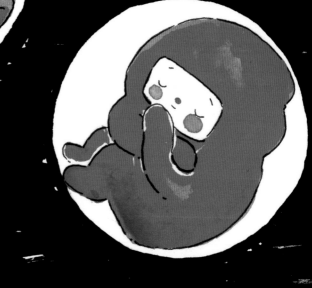

要挑戰你的東西？

值得留下的東西？

還是應該放下的？

你ㄋㄧˇ可ㄎㄜˇ能ㄋㄥˊ會ㄏㄨㄟˋ想ㄒㄧㄤˇ要ㄧㄠˋ暫ㄓㄢˋ停ㄊㄧㄥˊ一ㄧˊ下ㄒㄧㄚˋ。

可ㄎㄜˇ以ㄧˇ短ㄉㄨㄢˇ短ㄉㄨㄢˇ的ㄉㄜˊ暫ㄓㄢˋ停ㄊㄧㄥˊ，

或ㄏㄨㄛˋ者ㄓㄜˇ你ㄋㄧˇ想ㄒㄧㄤˇ要ㄧㄠˋ多ㄉㄨㄛ久ㄐㄧㄡˇ都ㄉㄡ行ㄒㄧㄥˊ。

現在，

我親愛的朋友，

你ㄋㄧˇ的ㄉㄜ˙下ㄒㄧㄚˋ一ㄧˊ個ㄍㄜˋ

乒ㄆㄥ

會ㄏㄨㄟˋ是ㄕˋ什ㄕㄣˊ麼ㄇㄜ˙呢ㄋㄜ˙？